SV

Albert Ostermaier
AUTOKINO

Gedichte

Suhrkamp

Satz: Hümmer GmbH, Waldbüttelbrunn
Druck: Nomos Verlagsgesellschaft, Baden-Baden
Printed in Germany
Erste Auflage 2001

1 2 3 4 5 6 – 06 05 04 03 02 01

I. Synchron

mississippi

ein gedicht beginnt in der lobby
eines hotels und endet mit einer
wimper auf einem kotflügel es
dreht sich auf einem barhocker
unter die alligatorenhaut der
sümpfe folgt den nebenarmen
des flusses in ein glas bis es
über die thekenkante kippt ein
knie das nach gin schmeckt
ein gedicht steigt auf wie die
luftblasen aus dem mund eines
ertrinkenden und lässt sich mit
den wolken die noch immer
vorüberziehen in eine handtasche
stauchen es ist wie die geduld
des wassers am abend der schuss
lemon der fehlt ein gedicht
beginnt unter den fingern des
pianisten und endet mit einer
mücke

o. m. u.

manchmal ist das leben ein
kleiner billiger film den du
nicht mehr nachsynchronisieren
musst hat das glück französische
untertitel und der atlantik passt
in ein rotweinglas in der hand
eines freundes der deine träume
neu besetzt auf einem tischtuch
einen strand aus weissbrotkrumen
baut und die schatten aus deinen
augen unter einen sonnenschirm
blendet manchmal genügt wenn
er dich allein lässt und hinter
dem feuerlöscher zur toilette
verschwindet ein zufälliger blick
und du willst nicht mehr mit
schuhen auf die strasse zurück

inkontinent

als wär mein herz aus wachs tropft
es wenn du mich berührst in deine
hände halte sie still warte bis es kalt
wird dann öffne sie langsam und
du siehst wie die zeit die zwischen
uns lag zerfällt und am boden eine
ameise erschlägt spiel nicht mit
deinen fingern wenn du mit mir
sprichst wie lange wird es dauern
bis der falter in deinem haar seine
flügel an der flamme versengt aber
vielleicht ist es noch nicht dunkel
genug

wegbeschreibung

plötzlich standen sie auf der
strasse drei uhr morgens ein
taxi schlich vorbei & lockte
sie mit leuchtenden buchstaben
dem blinken seiner bremslichter
als sie die hand hob aus der bar
sprang ihnen ein letzter klang
fetzen hinterher & wartete bis
der wind ihn mitnahm lass uns
laufen es ist nicht weit der
motor heulte auf sie schlug mit
ihren augen den kragen hoch &
er folgte ihr ohne ein wort wie
still es jetzt war als ihre schuhe
den asphalt berührten war ihm
als glühten die herbstblätter
an ihren rändern auf alles schien
sich für sie zu bewegen der regen
knipste die fenster der hochhäuser
wie fallende dominosteine aus &
die laternen neigten sich noch
tiefer über ihr haar als wollten
sie sehen wie die nacht unter
ihren mantel kroch & die bäume
ihr den atem von den lippen
saugten an den kreuzungen
träumten die ampeln von radar
augen & die grünen männchen
liefen ihr nach er hoffte es gäbe
keinen nächsten tag & sie könnten
auf dieser strasse einmal um die
welt gehen & er müsste nicht
hand in hand mit dem wind

seinen weg allein zurück
finden er drehte sich um &
hielt ein taxi an wohin immer
der sonne zu

feindliche übernahme

ein kapitaler fehler ich fühlte
mich sicher unangreifbar bis
du die mehrheit an meinen
gedanken übernahmst *du*
schuldest mir einen gefallen
zuerst nur ein blick etwas zu lang
den ich noch abwehren konnte
deine hand in der strassenbahn
als sie in der kurve statt nach
der schlaufe *das kann doch*
passieren nach meiner griff
und du mir fast um den hals
fielst zufall vielleicht eine frage
des gleichgewichts nicht mehr
zumindest eine fingerkuppe
gehörte schon dir nachdem
wir im kino waren und während
des ganzen abspanns sitzen
blieben ich danach
niemandem den film erklären
konnte *das kauf ich dir*
nicht ab und dein name sich
durch die stadt multiplizierte
hinter alle dinge streute
die halbsätze meiner freunde
die nummer auf dem display
das haar zwischen den kredit
karten du von meinem leben
besitz ergriffst bis die depots
meiner rückversicherungen auf
einen schlag sich leerten *du*
gehörst mir und ich das
stimmrecht über mein herz

und du das interesse daran
verloren hattest es zurück
auf den markt warfst *man*
muss wenn man seinen
schnitt verbessern will sich
von überflüssigem trennen
klar das verstehe ich trotz
aller eitelkeiten die messer
fallen höchste zeit

come together

die kabel unter meiner strasse
und die orangen auf deinem
küchentisch die saftmaschine
und die tabletten auf meiner
hand der mückenstich in deiner
kniekehle der rote punkt auf
meinem anrufbeantworter die
flugpläne in der manteltasche
und die kondensstreifen am
himmel du beschleunigst
im tunnel ohne das licht
einzuschalten und ich bleib
plötzlich vor den gelben
blättern im schatten stehen
frage den wind nach
einem taschentuch und
addiere in der apotheke die
sonnenschutzfaktoren es
fängt zu regnen an du
lässt dir am abend ein bad
ein und ich hauch dir mit
meinem eukalyptusatem
wellen durchs telefon
in deinem kalender bin ich
morgen ein stern doch ich
schalte das licht aus dann
kannst du mich schon
heute nacht sehen

jeden morgen

ich liege schon wach die
morgenluft zieht durch die
fensterritzen ein flugzeug
gleitet wie ein rasiermesser
durch den wolkenschaum
bevor der himmel sein gesicht
mit schrägstrichen wäscht
ich grab mich unter das
kissen bis der wecker unter
der decke vibriert und du
im halbschlaf zwischen die
matratzen greifst die uhr
läuft mein herz steht
still will deine träume
überholen die du mit
deinen füssen erzählst du
stehst auf ich nehm mir
dein kissen deinen atem
und träume sie weiter bis
plötzlich das wasser aus
dem duschkopf auf deine
haut schiesst beide haben
wir unsere augen noch
geschlossen ich spring
aus dem bett als könnte
es zu spät sein schieb die
tür zur seite und wie
könnte ein tag schöner
beginnen als mit einem
tropfen von deinen lippen

reisebegleiter

für katrin

bitte verzeih mir wenn ich
manchmal etwas seltsam bin
dir eine schokolade auf den
beifahrersitz lege und mit
leuchtstift auf der karte die
ausfahrten markiere den cd
wechsler so programmiere
dass er dich beim starten mit
einer entschuldigung begrüsst
die du im raucherhusten des
gebläses kaum verstehst ich
habe dir die klimaanlage auf
21° gestellt so warm war es
an unserem letzten urlaubstag
ein handschuh von mir klemmt
noch zwischen den rücksitzen
ich habe ihn vergessen es war
keine absicht den duftbaum
hätte ich wegwerfen sollen er
wird dir wenn du dir die lippen
nachziehst in den schoss fallen
er riecht nach zitrone wegen der
zitronenbäume die sitzheizung
ist vielleicht etwas zu hoch
gestellt aber sie wärmt dir den
rücken vielleicht wirst du an
meine hände denken das radio
sagte es wird schneien stau
vor der grenze hast du deine
brille mit nachts siehst du so
schlecht die scheibenwischer
machen mich immer verrückt
im winter der tank ist voll mein

herz ich laufe durch die strassen
den ersatzschlüssel in der tasche
schnee auf der hand keine tür
springt auf am bahnhof kaufe
ich mir eine schokolade überleg
wo ich umsteigen kann steck
die karte in die jacke und nenn
dem taxifahrer irgendeine strasse
doch als er sie findet denk ich
mir seltsam sie heisst wie die
stadt in der du ankommen wirst

restalkohol

für stefan g.

sie schlief noch den kopf unter
dem kissen auf ihrem schulterblatt
ging die sonne auf und er strich
ihr mit dem schatten seiner hand
über den rücken der nasse schnee
tropfte auf das fensterbrettblech
die ganze nacht schon zumindest
seit er neben ihr lag und versucht
hatte mit ihrem atem einzuschlafen
als könnte er mit ihm verschmelzen
und sich vergessen er stand auf
nahm zwei aspirin vielleicht sollte
er sich rasieren bevor sie aufwachte
seine hände zitterten er hielt sie vor
seinen mund hauchte sie an *rieche*
nicht besonders heute morgen er
ging zum fenster öffnete es noch
einen spalt breit mehr *ob sie friert*
er setzte sich auf die bettkante
und beobachtete ihren arm
hoffte dass die kälte auf ihrer
haut eisblumen malen würde und
er sie aufsaugen könnte mit der
wärme seiner handflächen in diesen
momenten konnte er ihr alles sagen
die worte wurden leicht leichter
als sein kopf voller gedanken die
geräusche um ihn das schlagen
der tonne das heulen des einsamen
hunds im hof das bremsen der
autos auf den strassenbahnschienen
heute hat es noch keinen erwischt
ihm war als müsste er nichts

versprechen und die flasche auf
dem küchentisch wäre kein
problem er hatte sie vergessen
doch jetzt lachte er *du bist wie*
ein whisky den man vor dem
frühstück trinken kann gleich
nach dem aufstehen nur einen
tropfen nicht grösser als eine
träne das ist wie das öl der
sonne das in dein herz fliesst
sie würde ihn mit ihrer zunge
auffangen dachte er sich ging
wieder zum fenster und fing mit
seinen zitternden händen die
schneeflocken sah zu wie sie
unter ihrer wärme zu wasser
schmolzen *jetzt ist es still* er
stand noch lange so und liess
sie schlafen

vormittag

der schnee rutscht in zeitlupe
von den ästen der bäume du
läufst zur strassenbahn doch
ich höre noch immer deine
schritte auf der treppe seh
deine locken wie sie um die
ecke wehen halte mich an der
kaffeetasse fest warte & schau
mit der sonne dem wind zu
der den rauch des kamins
gegenüber wie drachen in
den himmel steigen lässt
das winterblau anhaucht
bis es leuchtet & die ersten
strahlen nach ihrem ping-
pong-spiel zwischen den
gegenüberliegenden
fenstern mir in die augen
stechen wenn ich sie
schliesse kommst du die
treppe hoch höre ich deinen
schlüssel in der tür sitze
noch immer am fenster &
die sonne hat sich in die
laternen verkrochen autos
blinken um die ecke die
strassenbahn funkt mir
zeilen in die nacht & es
fängt als ich aufblicke
wieder an zu schneien
locken die über meine
wange fallen

besuchszeiten

zwei fliegen sich in der luft
liebend über einer fieberkurve
ein tag zu leben eine steckdose
und die geigen streichen die
wände an ein himmel gross
genug für ein fenster zu klein
die schatten der flügel
die nachrichten enden an der
tür auf einem lächeln das
kommt wenn die klinke nach
unten geht und mit einem
rücken verschwindet weiss
wie das laken das immer
mehr der haut gleicht was
niemand erklären kann dass
die sekundenzeiger immerzu
kreisen müssen zwei nadeln die
irgendwann wie die fliegen sich
decken

kalligraphie

müsste ich deinen körper in
eine blindenschrift übersetzen
auf weiches papier oder in das
wasser eines flusses am abend
wäre es eine linie die nie aufhört
als kreiste meine fingerspitze auf
der innenfläche deiner hand über
den puls in deine armbeuge hinauf
zu deinen schulterblättern bis zu
deinem nacken wo sie unter deinen
haaren verschwindet und sich fast
verliert bevor sie hinabgleitet an
deinem schlüsselbein zu dem
punkt der keinen namen kennt
nur wege so dass sie wieder
kreisen muss bis dein atem
schneller wird deine haut sich
spannt wie ein fell und ich
zittere als würde es perlen
unter meinem rücken regnen
das ist dein herz das ich in
meiner hand bis in die augen
schlagen höre und ich tauche
wieviel zeit ist vergangen meine
fingerspitze in deinen bauchnabel
drücke dich leicht und sammle einen
tropfen schweiss auf dem ich meine
spur weiter ziehe und je ferner ich auf
deine schenkel ausweiche desto tiefer
berühre ich dich erkunde dein knie
das auf und ab den horizont
deiner beine hinter dem
ich mich wie eine

written in the west

eine rote couch aus lederimitat
die polster aufgeschlitzt wo wir
sassen singende sprungfedern
auf den armlehnen brandlöcher
abgesprungene knöpfe weisser
schaumstoff nieten die über die
offene ladefläche des lkws rollen
eine abgescheuerte naht wenn
du nervös warst hast du mit dem
finger über sie gestrichen
deine nägel ins plastik gegraben
als du gingst nahm das rückenteil
langsam deinen abdruck zurück
oder meine hand ruhte noch
darin der colaautomat spuckt
keine flaschen mehr aus die
landschaft auf dem bild über
deinem haar ist eingerollt und
kreist um sich selbst wo wollten
wir nicht überall hin von einem
kino blättern die buchstaben auf
die strasse keiner reisst hier
die karten mehr ab sie liegen
zwischen dem wechselgeld in
meiner brieftasche bald wird
man sie nicht mehr entziffern
können

autoschau

ein japaner der sich vor dem
kofferraum seiner neuen
limousine verbeugt alle türen
offen über die sitze weisse
schonbezüge gespannt er
klappt das warnschild aus
nimmt den wagenheber und
rammt ihn sich mit einem
schrei in die eingeweide
fahren sie rechts überholen
sie nicht zwei lastwagen in
der sahara auf dem rücken
menschen wie wucherungen
turbane säcke sand eine
machete über dem kopf
eines schlafenden turbane
eine coladose hält die
motorhaube offen ein mann
liegt unter der vorderachse
die füsse in der fahrrinne
reifenwechsel einer bleibt
auf der strecke der wind
dreht ihm die würmer aus
dem bauch nachts auf
einer tankstelle ein muslim
vor seinem truck auf einem
zu einem teppich aufgefalteten
karton knieend zwischen
ihm und dem kühlergrill
ein paar halbschuhe die
scheinwerfer blenden seine
brust auf geisterfahrer neue
leitplankensysteme auf dem

mittelstreifen liegengebliebene
jacken ein gelber mustang
rast durch ein abgebranntes
feld fünf nackte oberkörper
einer auf dem dach die füsse
als spoiler die blonde mähne
im gegenwind muskelspiele
für tattoos zapfenstreich
goldketten sonnenbrillen
revolver statt einem zierstreifen
alle in der linken hand alle auf
einer höhe aus den fenstern
baumelnd einer blickt zurück
archäologen auf einem schrott
platz graben einen spiegel aus

strassenfilm

die kamera auf höhe der reifen
chromfelgen spiegelverkehrt
totgedörrte büsche vom wind
mit letzter kraft über die prärie
auf den asphalt geblasen das
krachen der äste unter dem
gummi blue box eine tankstelle
am rhein videoüberwachung
ein junge dem das diesel beim
tanken auf die hose spritzt als
er den schiffen nachschaut
mann über bord sportmagazine
zwischen beifahrersitz & gang
schaltung gerollt ein messer
unter der fussmatte im radio
überträgt sich die nacht ein
anhalter in cowboystiefeln den
daumen im mund landschaften
wie zigarettenschachteln auf
die man treten muss close-up
das aufglühende gesicht des
jungen züge im wettlauf mit
dem fluss verkehrsberuhigte
kleinstädte jetzt gas geben
für einen moment fliegen
zwanzig hubschrauber sich
wie eine heuschreckenpest
aus dem himmel schraubend
eine mücke erschlagen auf
seiner handfläche die lebens
linie des polizisten zerschnitten
die sonne geht unter die sonne
geht auf eingeschlafen über

dem lenkrad aufgewacht mit
dem geruch des diesels die
hose kann ich wegschmeissen
eine verwaschene jeans auf
der strasse im regen & in der
wüstenluft liegt der duft von
frischem brot

standphoto

sich im autokino hinter der
leinwand lippensynchron
küssen auf der tonspur ein
schuss körper über der
gangschaltung ineinander
verspult auf den rücksitzen
chipstüten ein strohhalm
unter der fahrertür in einer
pfütze männer die an den
zäunen pissen du pflückst
mir eine wimper von den
lippen und bläst sie zum
mond auf deinen nackten
armen ein schweissfilm
ich werde dich ausziehen
müssen für den abspann
ob mein name auf deinem
herz auftaucht die ersten
blenden die scheinwerfer
auf und jagen mit offenen
verdecken hinaus bis sich
der regen über ihre köpfe
wie ein himmelsdach beugt
bevor er die aschenbecher an
der nächsten kreuzung unter
wasser setzt der vorführer
schaltet das licht aus wir
lassen den wagen stehen ein
plakat auf einer stellwand
rollt sich langsam ein du
schaust mich an und ich
zieh dir die nadel aus dem
haar

im wendekreis des tachos

schwarze scheiben die lautlos
nach unten gleiten eine stirn
sonnenbrillen in denen die
nacht ihr kleingeld sammelt
rote schatten ein kaltes lächeln
starschnitt im radarlicht vier
herzen mit allradgetriebe &
benzinpumpen unter den offenen
hemden die tachonadel in der
membran des motors immer
im kreis & mit der handbremse
liebesbriefe auf den asphalt
gebrannt bis die strassenkehrer
in ihren orangen papamobilen
bei sonnenaufgang unendlich
langsam mit kreisenden besen
ihre spur verwischen & ein
stück blech vergessen das sich
wie ein schulterblatt noch an
den baum schmiegt wo die
frauen standen

metal metaphor

aus einem englischen poesiebaukasten

come nude to the studio and we will
investigate the glorious latex angel &
approach aesthetic sex perform
electric passion mad raw angry
why feel soft demand life let us
smoke my purple cigarette a
psychedelic masterpiece & imagine
that grace is deep mess to compose
death

volte

komm nackt ins studio renn
zu deinem wagen und lass dich
von den schwarzen ledersitzen
ansaugen du wirst zittern bis der
motor anspringt leg wenn du dich
genierst einen strafzettel zwischen
deine beine aber beeil dich halte
an keiner ampel gönn den radar
blicken ein bisschen blaue haut
vom licht der armaturen stell dir
vor die rote spitze des drehzahl
messers kommt dir näher und
näher bis dein puls rast nimm
den aufzug wir wollen wenn
du da bist dich in einen engel
verwandeln dir ein kleid aus
nichts als schweiss knüpfen
unter unseren rücken einen
himmel aus latex spannen
und statt flügel elektroden auf
deine schulterblätter kleben
dass der strom durch deinen
körper schnellt schliess die
augen für einen moment
kurz und ich steck meinen
finger in die dose die füsse
ins wasser das wird mein
glanzstück wir belichten uns
selbst und durch das dunkel
unserer herzkammern strömt
ein purpurner rauch zieh dich
schon aus wenn du das ab
hörst und lösch was ich sagte

nachschlag

nicht einmal die lungen
maschine hörte ihm noch zu
dem hektischen vibrieren
seiner augenlider dem
schwachen pulsschlag der
schläuche in seinem mund
er sah sich allein in einem
flugzeug zwischen plastik
tabletts erfrischungstüchern
& der mütze des piloten
dem flightrecorder sein
leben erzählen grub sich
in die fallschirmseide ein
wie in eine decke gegen
die kälte der welt er ging
durch ein weisses zimmer
wolken aus glas zogen
über seinem kopf in den
lüftungsschacht ein kleines
mädchen das auf einem
klavier mit zwei fingern
ein gute-nacht-lied spielt
ein alter mann in einer
ecke mechanisch mit einer
pinzette kugeln aus seiner
stirn fischend eine frau die
sie schluckt sie rollen ihn
auf einer bahre durch die
gänge der airbag knallt ihm
ins gesicht was ihm blieb von
seiner geschichte ein herz
eingefroren im ultraschall

III. Rollen

startschwierigkeiten

aufgewacht und alles vergessen im
auge die staubspur des fingers auf
dem boden die wärme des anderen
kissens der abdruck eines gesichts
auf dem laken die falten die blieben
ein tuch auf dem tisch der schatten
neben der tür von der strasse musik
aus einem offenen autofenster das
signalleuchten des radioweckers die
hand schneller ein wort über den puls
geschrieben nur der schweiss hat es
lesen können woher kommt diese
hitze die dusche gefunden nichts
persönliches die kälte des wassers
fliessen lassen ein schmerz auf dem
rücken beim abtrocknen der spiegel
beschlagen beim blick zurück die
brieftasche leer ein schlüssel passt
nicht auf der treppe ein gruss fast
ein lächeln der name undeutlich
umdrehen die tür verschlossen die
klingel keiner macht auf am parkplatz
ein auto neben dem anderen farben
bis sich eine zentralverriegelung aus
der sperre löst ich kann mich nicht
erinnern dass ich ein mann rennt
an mir vorbei steigt ein und wartet
bis ich verschwunden bin

blind date

sie dachten sich immer neue
spiele aus sassen stundenlang
in der küche und sprachen kein
wort miteinander berührten
sich nur wenn sie gleichzeitig
in der spüle ihre zigaretten
ausdrückten oder sie das
fenster aufriss das er sofort
wieder schloss bevor sie in
ihre zimmer gingen und
sich namen erfanden ohne
sie einander zu verraten sich
verabredeten mit dem fremden
nebenan während die borsten
ihrer zahnbürsten noch immer
seltsam verschlungen in
einem glas standen in der
waschtrommel seine hose
sich an ihrer bluse rieb und
sie seinen pulli trug wie auf
dem photo das er nach dem
lesen zwischen die seiten
legte manchmal verfehlten
sie sich trafen die falschen
sie auf der herrentoilette
einer autobahntankstelle er
in einer umkleidekabine im
kaufhaus oder als penner in
der schalterhalle während
sie sich im speisewagen von
einem banker als schlampe
beschimpfen liess und ihren
rosa kaugummi auf seinen

siegelring drückte bevor
sie am nächsten bahnhof
ausstieg ein taxi nahm sich
auf dem rücksitz umzog
und ihre klamotten zuhause
in die biotonne warf in der
schon seine kontaktlinsen
neben den bananenschalen
lagen figur entsorgt kein wort
mehr darüber er machte eine
flasche wein auf sie tranken
aus einem glas beide von der
stelle wo es einen sprung
hatte keine fragen ein bisschen
streit ums fernsehprogramm
während sie ans nächste
wochenende dachten

dazwischen

die erste s-bahn zum flughafen
sie sitzt im vordersten abteil
direkt hinter der fahrerkabine
auf dem platz in der mitte damit
sie durch die gänge schauen
kann wenn die nacht die
menschen in den morgen
ausstösst und durch die tür
spuckt die gehetzten mit
ihrem ticket im mund den
händen dauernd in einer
anderen tasche die müden
deren zu hause gebliebene
träume sich noch tiefer
unter die kopfkissen
graben die sehnsüchtigen
immer einen herzschlag
voraus die flüchtenden
neben den einsamen ein
blatt auf den schuhen ein
photo im ärmel das zwischen
die sitze geschoben vergessen
und von einem fremden
gefunden wird ein grund
zum umkehren für die
suchenden die zufälligen
die vor dem ziel aussteigen
aus dem nichts kontrolleure
im neonlicht gesichter wie
nebengleise drei stationen
stille stimmen im kopf auf
ihrer reise zu den lippen
sich verirrend dann am

ende des schachtes der
horizont ein dunkler
lidstrich für die sonne die
ihre roten augen wie eine
diva aufschlägt unter den
blitzen des aprilhimmels
den die flugzeuge mit ihren
dicken nasenspitzen necken
das licht springt an der zug
taucht unter die landebahnen
und busse das abteil leert
sich wartet auf jene die
ankommen und heimkehren
sie sitzt noch immer auf ihrem
platz und fährt zurück in
die stadt wie jeden tag

lost luggage

seit stunden steht er neben dem
band streicht sich die anzugärmel
glatt oder dreht seine zigarette
zwischen den fingerkuppen ohne
sie anzuzünden mutmasst in die
müden gesichter der reisenden ihre
herkunftsorte wettet mit sich selbst
welche schalenhaut mit welchen
händen korrespondiert sucht
die zahlencodes in den augen
zu entschlüsseln bildet sich je
länger er dort ausharrt ein er
könne wenn er sich genügend
konzentriere mit einem röntgen
blick die taschen durchwühlen
mit einem einzigen wimpernschlag
die koffer zum platzen bringen
er fühlt sich unbeaufsichtigt
wartet darauf dass sie ihn
wegschaffen brustgepanzerte
männer ihm mit pinzetten die
digitaluhr vom handgelenk lösen
oder ihn bevor er in die luft geht
mit einem tritt in die magengrube
zusammenkrümmen kein platz
für sperrgepäck gute weiterreise
immer neue menschenströme
passieren die passkontrollen und
schieben ihm ihre trollies in die
kniekehlen verlieren sand aus
den ärmeln bücken sich nach
ihren taschen und beenden einen
blickkontakt der den transit in

die wirklichkeit verpasst keiner
vermisst ihn auf den blinkenden
städtenamen des bildschirms
über ihm umkreist er einmal die
welt tokyo sydney jerusalem
eine junge frau stolpert als
sie auf einen falschen koffer
zustürzt über seine füsse und
bietet ihm als entschuldigung
lächelnd einen kaugummi an
er sieht sie lange an und überlegt
ob er ihr nicht erzählen soll dass
seine schuhprofile aus plastik
sprengstoff sind eine zünd
schnur durch seine sohlen
hinauf bis ins herz sich bohrt
doch noch ehe er seine lippen
öffnet lässt sie ihn unvermittelt
stehen und er fängt in aller ruhe
an sich auszuziehen seine kleider
auf das gepäckband zu streuen
und endlich nackt bis auf die
zigarette den exit-zeichen zu folgen

sendeschluss

ein benzinfilm über dem himmel
klebrige wolkenschwämme im
fernsehen explodiert ein flugzeug
in der hand ein streichholz das
bis zu den fingerkuppen brennt
die fernbedienung funktioniert
nicht aber das sonnensegel im
all ist hell wie ein stern und der
heizungsschlauch im bad
spuckt wasser während ein
astronaut die freiheit entdeckt
und seine nabelschnur kappt
wenn er auf die erde fällt darfst
du dir was wünschen später
werden seine knochen in den
kirchen liegen ein kirschgrosses
auge ein glaskinn das sich
zerschlagen lässt damit jeder
etwas hat davon wenn die
feuerwehrautos durch die
strassen glühen wie rot sie
heute sind die dämme sich
von den wellen ihre rücken
massieren lassen und du mit
einem röntgengurt vor dem
bildschirm sitzt die leber
aus der tube drückst und
der adler zu spät zum essen
kommt er wird noch in den
wolken hängen sich von den
engeln die federn ausreissen
lassen und mit dem schnabel
ihnen herzen in die schultern

ritzen wenn du einsam bist
trocknen die lippen aus aber
die tankstellen haben die
ganze nacht auf sieh dir
diesen himmel an brennt er
man kann ihn von den augen
ziehen und alles wird gut

gealtert

irgendwann wachst du auf
und *alles ist wie es ist* aber
du weisst nicht wo und ob
du noch derselbe bist die
uhr auf dem nachttisch sie
gehört dir passt um das
handgelenk das fenster ist
offen du hast es letzte nacht
aufgerissen erinnerst dich
nur dein gesicht ist anders
das rasierzeug unter dem
spiegel liegt schon immer
an dieser stelle doch deine
augen sind blasser als sonst
ihre farbe hat sich verändert
oder kommt sie zurück wenn
du wartest und diesen blick
ertragen kannst *vielleicht ist*
es nur das licht die müdigkeit
nein du bist wach das wasser
ist nur wasser wird kälter
verändert nichts du trocknest
dich ab schaust dich wieder
an und fragst dich warum
scheint die sonne wohin zieht
das flugzeug zwischen den
wolken wann wird der hund
im hof zu bellen aufhören
und irgendwann willst du das
rennen aufnehmen und dich
einholen *es ist verdammt ein*
tag wie jeder andere und es
hilft auch bis du dich nicht

erinnern kannst ob du geträumt
hast heute nacht was für ein
gedanke nicht mit aufgewacht
zu sein dich im schlaf vergessen
zu haben und deine angst zündet
sich die erste zigarette an steigt
in deine hosen bindet den gürtel
ruft menschen an die du fragen
möchtest was dich mit ihnen
verbindet *und kennst du mich*
noch bin ich nicht zu abgeklärt
hätte ich nicht jetzt gelacht
und keine sekunde überlegt
in der kälte werden die finger
taub ein junge läuft mit seinen
schlittschuhen über dem rücken
dem bus nach ich laufe ihm
nach *wir schaffen es*

lemon und libellen

ich wollte doch nur er hielt ein
glasröhrchen in der hand seine
pupillen wie oliven aus dem eis
gefischt ich wollte doch nichts
als mich auf ihren schmalen
hinterleib schnallen und meine
arme über ihren ausspannen wie
ein zweites flügelpaar sein atem
roch nach zitronen und frisch
geschnittenem gras ich hätte
keinen besseren ort dafür finden
können als dieses aufgelassene
schwimmbecken die wände
türkis die düsen von ungeziefer
verstopft betonplatten unter
denen grüne insekten brüten
und sich nachts wenn sie
wasser riechen häuten ich
wär über sie wie ein pestizid
gekommen er wischte sich den
schweiss aus den handflächen
fuhr mit dem glasrand über
seine schnittwunden weisst du
wie scharf schilf ist als ich ihre
vom regen noch feuchten lippen
in zucker tauchte schnappte
sie sich meine zunge und ihre
scherenkiefer kauten mir die
spitze ab küssen kann sie er
spuckte aus ich werde nie
vergessen wie ihre augen
sich vorwölbten das war kein
gesicht mehr eine fangmaske

ihr ganzer körper eine falle
und ich gefangen panisch
am zittern er musste das glas
abstellen ich kann mich nicht
erinnern was dann geschah
als ich wieder bei bewusstsein
war ging die sonne schon
unter und sie stand vorne
auf dem sprungbrett und sprang

running on empty

er war einfach auf dem bordstein
sitzen geblieben als es zu regnen
anfing es machte ihm nichts aus
dass sein t-shirt die nässe anzog
wie eine zweite haut mechanisch
rieb er sich die augen wund und
immer neue lastwagen rollten an
ihm vorbei auf den rastplatz *bist*
du unter die räder gekommen er
hörte sie zunächst nicht *willst du*
nicht mit mir reden sie hatte ihre
jacke über den kopf gespannt und
stand noch immer neben ihm *nein*
ich verschwinde gerade er musste
selbst lachen über seine antwort
hielt sich die brust bis seine hände
voller ausgelaufener farbe waren
ich verblute sie sah ihn sich
genauer an *ich habe noch nie*
einen menschen mit gelbem blut
gesehen er resignierte *dann*
werde ich wohl doch überleben
sie kniete sich zu ihm nahm seinen
kopf unter ihre jacke *ach wenn*
du noch länger so hocken bleibst
ihn fror nicht er hoffte dass ihn eine
dünne schicht eis überziehen würde
wenn er nur lange genug wartete
vielleicht kämen sie dann und
schlügen ein loch zwischen seine
schultern eine rose die man in
flüssige luft taucht *willst du hier*
überwintern der motor seines

wagens lief noch *auf einmal war*
die tanknadel im rot und ich sah
nur das rot grösser und grösser
werden und es gab mir einen
stich du kannst doch nicht
endlos so weiterfahren sie bot
ihm einen kaugummi an *hast du*
schon mal etwas von tankstellen
gehört hier vorne z. b. das blaue
teil mit den lichtern geht ganz
einfach erst als sie es ihm sagte
entdeckte er die zapfsäulen *das ist*
es nicht mich überfiel plötzlich so
eine angst ich dachte jetzt kannst
du nur noch einen abgrund hinab
rollen du kommst über keinen
berg mehr das ist wie mit deinen
pupillen die können sich nicht
endlos so weiter drehen
irgendwann ist das profil
abgefahren und du siehst die
dinge blank wie sie sind sie
verlor etwas die geduld *hast du*
nun ein problem mit deinen reifen
oder ist nur deine reserve alle sie
trocknete ihm mit dem ärmel ihres
pullovers das gesicht ab *steh auf*
wir gehen zu fuss weiter zuerst
kam er nur schwer auf die beine
doch dann kam der boden zu
seinen füssen zurück und sie
fingen zu lachen an als die jacke
sich blähte wie eine fock im wind

agonie

bald packt der winter wieder seine
feuerlöscher aus und ich muss die
bäume vor meinem fenster nicht mehr
brennen sehen die blätter und ihre
penetrante schönheit beim sterben
heute orange wie die müllmänner die
sie dem wind von seinem laufsteg
saugen und morgen schon rot so
ein richtig sattes rot und natürlich
ist der himmel blau dabei und drückt
der sonne eine nette kleine ätherwolke
vor die nase bevor sie untergeht und
der horizont seine blutkonserven für
sie aufreisst und mir dabei die augen
vollspritzt bis die nacht kommt mir
das glück von der netzhaut ätzt und
im fernsehen strahlend weisse zähne
den winter versprechen ohne zu
lächeln

winterbild

vereiste pupillen bäume
die hinter den augen
ertrinken & ihre dürren
äste nach dem himmel
strecken ein schuh in der
netzhaut blätter vollgesaugt
mit nebel ein schatten von
tieffliegenden schwalben
wolken wie in jod getränkt
die sonne ein loch zwischen
zwei atemzügen ein bläschen
luft das statt aufzusteigen in
die vene tropft während die
decke bricht & die schollen
sich über die lider schieben
eine hand die sieht

unterkühlt

nackt lag er auf dem eis
die arme ausgebreitet
die lippen angefroren &
schrieb mit seinen hand
ballen kreise auf die ober
fläche während der wind
als wollte er ihm eine
decke auf seine schultern
legen schnee über den
rücken blies & der see
sein hartes wasserbett mit
weichen wellen unterspülte
bereit ihn aufzufangen
wenn die sonne sich eine
scholle ins eis sticht &
ihr abendrot auf seinem
nacken ausbalanciert die
hände aufhören zu kreisen &
seine zunge wie eine eisblume
unter windrosen zersplittert

endlosschleife

der anrufbeantworter
there's gonna be war a
war like you never have
seen before eine hand was
hat sie vorher getan drückt
auf einem flaschenboden
eine zigarette aus überall
kippen zusammengekrümmt
eine neben der anderen ein
zischen tabakfäden quillen
aus den gebrochenen
hälften schwimmen im
alkohol asche fällt der
schnee schwarz unter
dem fingernagel pupillen
mit papier umhüllt glut
kälter werdend augenränder
ein gesicht hinter dem
rauch schatten unter dem
hals wandernd ein junger
mann im unterhemd die
hand so gross wie der
ganze oberkörper eine
pistole auf dem tisch
neben dem aschenbecher
der abzug die zigarette die
mündung das magazin die
schachtel wo ist die andere
hand der breite gitarrenhals
darmsaiten das dunkle loch
in der mitte er spielt nur mit
dem zeigefinger immer den
gleichen ton *there's gonna*

be war a war like you have
never seen before seine lippen
bewegen sich kaum nur der
rauch vor seinem gesicht der
wind im genick die tür ist offen
der schatten auf den armen
der rotwein in der karaffe kippt
das tischtuch saugt den boden
auf er liegt zusammengekrümmt
über dem rücken der gitarre ein
griff und die saite in seinem mund
reisst

Orpheus unplugged

I
on tour

grossaufnahme orpheus
zarte hände seine nägel
mit kettensägen geschnitten
draussen der fluss der seine
fieberblasen an die ufer
schwemmt die wellenkämme
an die brückenpfeiler schlägt
zwischen den werbeblocks
sein blondes haar das sich
der wind nimmt notenzeilen
über den nachthimmel zu
spannen ein loft die türen
aufgebrochen feuer auf der
leinwand ein junge nackt
der panisch auf seinem
kokainröhrchen kinderlieder
bläst & zusehen muss wie
eine stahlsaite des sängers
schönen kopf von seinem
klangkörper trennt & das
blut aus dem herztattoo
ausläuft während der pfeil
steckenbleibt wie der
glühende gitarrenhals über
seiner runtergelassenen
jeans doch plötzlich für
einen moment steht alles
still seine lippen beginnen
zu singen die füsse fallen
aus den stiefeln &

tanzen auf der badewanne
der mond dreht sich auf
seinem plattenteller &
die müden götter
schwingen zu den bässen
ihre künstlichen hüften
a new star is born als die
polizei kreidestriche durch
das zimmer zieht treiben
kleine plastiksäckchen den
fluss hinab auf ein fernes
ufer zu wo sie nachtigallen
vom strand picken werden

II
der nacht

eine schwimmende diskothek
mit einer blauen wand aus
monitoren auf jedem schirm
im fluss der bilder ein körper
teil orpheus' ein auge wie ein
kaugummi zwischen zwei
fingern eine hand von der ein
höllenhund honig schleckt
des sängers kopfhaut knapp
über einen fremden bauch
nabel gespannt gepresst auf
vinyl seine gespaltene zunge
damit er sich weiter um sich
selbst drehen kann wenn aus
den boxentürmen das ächzen
der schiffsturbinen fiebert
der rhythmus mahlender
knochen loops seines hals
wirbels als er bricht dann
flippen sie vollends aus auf
der goldenen tanzfläche
die mänaden in der mitte
dionysos mit einem
elektroschockknüppel &
zöpfchen im haar geflochten
aus den saiten der lyra sie
haben ihren spass nur
orpheus' mund links
unten fordert respekt bis
ein roter stiefel ihm in die
fresse tritt er sitzt draussen
zwischen den lichtschranken
der pissrinnen weil dort das

wasser so ruhig fliesst &
summt mit blutigen lippen
seine kleine nachtmusik
milde höre die flehenden
worte komm & scheuche
die bilder der angst die
da schimmern im dunkel

III
backstage

immer die gleiche leier
die ohren von würmern
zerfressen kreischende
augen die mich mit blicken
ausziehen als wollten sie
ihre räucherstäbchen auf
meinen schamhaaren ab
brennen & mir den hintern
mit poesiealben wischen
wenn sie an ihm wie an
einem orakel hängen ich
seh sie schon mir mit den
autogrammkarten die hände
aus dem leib reissen doch
selbst wenn mein kopf auf
dem fluss treiben wird wo
poseidon die eifersüchtige
tunte mit salzigen wirbeln
das bittre wasser aufwühlt
werd ich keine ruhe haben &
die stummen fische werden
zu singen beginnen

le tigre qui pleurt

lass uns über den dächern
von paris essen wie ein
verirrter satellit kam sie auf
meine umlaufbahn zurück
und ich verlor die kontrolle
über den boden unter meinen
füssen als wir den türsteher
mit seinem knopf im ohr
passierten und in zeitlupe
auf der rolltreppenschleuse
nach oben schwebten und
das jahrtausend wechselten
sie lehnte behutsam ihren kopf
auf das lederne nackenkissen
ihres mantels und schloss die
augen *was siehst du* ich nahm
ihre hand und legte sie auf
meine lippen dann war nur
noch himmel um uns bis mit
jedem regentropfen ein stern
auf die terrasse fiel *zieh die*
flügel ein und auf den silbernen
schuppentischen explodierte
das schwarze loch am eingang
schluckte uns wir erwachten
in roten kaugummiblasen
sassen neben wänden wie
lippen und auf einer zunge
aus vinyl während die nacht
ihre runden um die scheiben
drehte der glöckner von
notre-dame in der ferne drei
tauben auf seinem glühenden

buckel grillte und beim kauen
dem eiffelturm zusah wie er
funken spie als rieben die
götter ihr schleifpapier an
seinem eisen heiss auf der
speisekarte weinte ein tiger
ich komm zurück und ich
küsste dir das gläserne salz
aus den augen das verlorene
nur schmecken wenn sie sich
wiedersehen

supermarktsex

beim katzenfutter fing sie an
zu fauchen ich lachte zu billig
mein finger dick in der butter
war auch nicht der kick das
haltbarkeitsdatum war längst
abgelaufen lass uns was zu
rauchen kaufen das hat zeit
bis danach kein verschnaufen
jetzt wir wollen erst unsere
kalorien verbrennen das läuft
hier nicht mit offenem geldbeutel
pennen ich bin dein schnäppchen
wenn du mich schnappen willst
musst du schon ein wenig
rennen diese schlampe oder
für mich wie herkules die
regale stemmen statt dir die
wampe mit energieriegel zu
stopfen mein süsser du darfst
dein verlangen streuen das
wird dich enthemmen ich
werd honig auf deinen gaumen
tropfen und du kannst deinen
daumen auf mein herz drücken
obs noch frisch ist reiss dir
ein strohhalm aus der packung
und schlürf mir die lila brause
von den lippen gönn dir keine
pause kleb lakritzestäbchen wie
strichcodes auf meinen rücken
und wir werden die nummer
bis zur kasse schieben sich
im supermarkt zu lieben ist

besser als zuhause auf den
preisschildern liegen und nur
den wäscheständer hoch
zu kriegen das ist für mich
kapitalismus mundraub bis
zum ladenschluss und jeder
kuss unter den eckspiegeln
vervielfältigt sich und gehört
allen am ende lagen wir auf
einem einkaufswagen bei
den lagerhallen ein lkw
entlud sein fernweh auf die
staplerkrallen und die sonne
auf dem plastikbecher neben
der tonne war umsonst doch
nicht dein strahlen unbezahlbar

IV. Stand

leitkultur

die verfassung ist gut danke
man schlägt sich so durch
das bier ist noch billig genug
und die flaschen lassen sich
wiederverwerten mit benzin
auch wenn die preise steigen
aber das reinheitsgebot ist ein
kulturauftrag man muss die
spreu vom weizen trennen
wenn man einen aufs korn
nimmt das ist wie mit den
zebrastreifen nur das weiss
sieht man und bleibt stehen
ich bremse auch für tiere
auf meinen hund lass ich
nichts kommen ordnung
ist wenn nur die hälfte hier
leben bleibt da passe ich
mich ganz der mehrheit
an es reicht nicht ihnen
den faust aufs auge zu
drücken für deutschland
muss man feuer fangen
auch auf der autobahn
gibt es leitplanken da
können sie nicht einfach
so die spur wechseln
übrigens finde ich es
gut dass man an ampeln
bei rot neuerdings auch
rechts abbiegen kann

klimawechsel

nach der hitze des tages wenn
die strassen leer sind und der
teer sich selbst umarmt gegen
die kälte der nacht die sich
hassen für einen moment fass
mich nie wieder an voneinander
lassen der treibsand die wüste
vor der stadt in die gelenke der
liegestühle weht und das muster
der terrassen aus den winkeln
dreht wenn die wellen der pools
zu dünen mutieren und die glieder
in den eisschränken zu würfeln
gefrieren die kühlwagen mit
lungen statt litschis die grenzen
passieren hells angels einen
pudel eskortieren dem sie in
der notaufnahme ein neues
herz implantieren während die
soldaten in den raketensilos
weihnachtskarten an ihre frauen
frankieren und die genforscher
sich beim scrabbeln duplizieren
wenn die pulsadern unter den
wasserhähnen anschwellen und
die computer ihre liebesschwüre
in die welt mailen wird alles still
und selbst die kugeln verfehlen
ihr ziel nur die kinder warten
auf ihren matten vor den blech
hütten dass die abfangjäger
an den schallmauern zerschellen
und aus den wolkenbrausen das

chlor in regentropfen vom
himmel fällt bis der wind den
strom abstellt und die brücken
sich aufs meer legen doch
was folgt dem beben die feuer
salamander werden wenn sie
aus dem teer kriechen auch
diese nacht wie durch ein
wunder überleben

acgt 2000

anagrammasthmaticer cromosomsommer gretchens tage
cnn goes to albania claudias g-punkt toppt arafatlage
gagakühe tiermehlbremser agrarviagra cowboyzone
tiefenbräune anabolicaathleten cybersex gaugenom
angst genügend chaos ausreichend glück teilweise tot

dandy warlord

die zukunft ist zum abgewöhnen
aber mir gehts gut andere kämpfen
wie löwen mir fehlt der mut ich kau
am liebsten mint was kann ich dafür
dass dir blut aus der nase rinnt die
affen von den bäumen fallen meine
bügelfalte sitzt perfekt wozu sich an
'nen strohhalm krallen die geschichte
ist defekt was hilft der nächste scheck
unser gelbes u-boot hat ein schickes
leck was machst du desperado in
deinem versteck wie kann man so
verwahrlost hausen den kopf noch
immer voller flausen schnitzt du dir
aus kinderknochen ein besteck
das interessiert mich einen dreck nur
vergiss nicht bist du nicht völlig von
sinnen man isst damit von aussen
nach innen dass die argonauten die
hübschen als wären sie astronauten
immerzu auf hässliche menschen
hüpfen und ihre schädel zu brei ist
mir ein rätsel ein frühstücksei braucht
fünf minuten und so lang die störe
laichen wird das glück nicht von
meiner seite weichen ich lass mir
während die anderen mit ihren
haubitzen dröhnen öffentlich mein
schamhaar föhnen das erfordert
allen mut adrenalin bekämpft man
mit benzin mir geht es gut und an
die zukunft werde ich mich auch
noch gewöhnen

viktualienmarkt

nichts was es hier nicht
gibt junggemüse grüne
spargel aus albanien die
sich in der toilette hinter
der freibank stechen lassen
pferdemetzger die mit
schlachterhänden über
ihre verschwitzten mähnen
streichen fussballfans die
weisswürste lutschen &
zu allem ihren senf geben
lederschwule die valentin
rosen in die arme betten
ein politiker der sich mit
einem zugelaufenen dackel
photograhieren lässt den
exotenmüller bei dem die
einheimischen über das
preussenpack schimpfen
gelbe rüben die keiner als
karotten frisst marktweiber
die ihre melonen auf die
waagschalen legen käsige
gesichter unter einem
himmel in bavarian blue
vor einer nordsee die keine
ebbe kennt nur fischköpfe
die als bierleichen unter den
tischen liegen & im heilig
geist stüberl katholisch
werden doch die ratten
interessiert das nicht sie
nagen in den verliesen

unter dem markt an den
rosinen & lassen sich ihre
lederhosen von keinem
mehr ausziehen

der theaterwiedergänger

er lässt keine premiere aus
wie eine verlorene braut
gibt er abend für abend
ganz in weiss sein jawort
steht er im foyer auf der
bühne seines lebens nie
das kostüm wechselnd
das gesicht eine lächelnde
maske die requisiten fest
in der hand das programm
heft die karte für die erste
reihe mitte wo er an den
stühlen seine anzugsärmel
abgeschabt hat & mit
glühend rotem kopf dem
hamlet ungefragt sein
stichwort gibt im seiden
hemd ein sommergast
selbst in wintern voller
missvergnügen ein don
juan der seinen faust dick
hinter den ohren hat & bei
richard einen buckel macht
als läge ihm auf dem kreuz
der eiserne vorhang keine
vorstellung was er an einem
schliesstag treibt wenn godot
ihn am bühneneingang warten
lässt

seppuku

nach mishima

es hätte auch ein regentropfen
sein können wie er von meinen
lippen fällt und deinen nabel
aushöhlt und die narbe über
deinem bauch wäre nur der
schatten eines asts das tattoo
auf deiner lunge ein schmetterling
dessen flügel in deine haut
wachsen das anspannen deiner
muskeln eine welle die in meine
hände läuft und zwischen den
fingern verrinnt bis auf den sand
der unter den nägeln bleibt die
schweissränder auf meinem
hemd die landkarte deiner
berührungen der mond ist
klarer nach dem regen und
die steine passen sich dem
fliessen des wassers an wie
mein puls deinem herzschlag
er wird schwächer das licht
im spiegel deiner augen ob
die flamme noch stärker ist
als mein hauch der wind wird
seinen weg durch die tür finden
ich hab sie nur angelehnt

jung-gun ahn

zwei halbmondaugen auf die
finsternis wartend im blick
die geometrie der angst ein
schwarzer mantel abgeschabt
mit schlägen gebürstet am
hals schon schatten zwischen
den lippen ein horizontaler
strich an ihren rändern ein
schmaler bart augenbrauen
wie zwei anführungszeichen
er steht mit dem rücken zur
wand hätte sie arme würde
sie ihn zu sich ziehen auf dem
vergilbten bucheinband der
blinddruck seiner linken hand
eine fingerkuppe fehlt das
was sie nicht mehr berühren
kann eine mandelblüte die
nasse erde eine andere hand
und ihren puls
auf den hinteren seiten nach
der kindheit der grauen stadt
der skizze für das attentat und
dem moment vor dem schuss
das eisen teilnahmslos es wird
seine gelenke umschliessen ihn
festschnallen auf einer figur
aus grobem holz gehauen
nach dem umriss eines
liegenden menschen mit
weit ausgebreiteten armen
und beinen ein kalter körper
ohne gesicht aber mit einem

kissen für das genick danach
nichts als die verlorene zeit
in den gängen am ende ein strick
ein breites loch und darunter
ein kübel ein lebloses bündel
das buch liegt schwer in den
händen am rücken ist es mit
einer schnur gebunden doch
zwischen den blättern ist noch
immer der wind

perlen und frösche

wie soll ich dich zwischen all
den bunten menschen finden
und kenne nicht mehr als deinen
namen der strassenplan wirrer
als ein schnittmuster und
ich hab den faden verloren
keine legende ausser meiner
eigenen *dann musst du eben los*
tauche in ubahnschächte und
schnorchle durch aufgeblähte
münder fremde rücken die sich
an mich schmeicheln gesichter
aus fiberglas mit abgasmasken
sezierende blicke *dem ist nicht*
zu helfen wie sie ihre hände
choreographieren als würden
sie alle fliegen fangen und ich höre
kein summen und seh nichts
als luftblasen unter dem weissen
stoff *einatmen ausatmen einatmen*
werde ganz müde vom zuschauen
will mich festhalten doch die
blaupausenhäute sind zu brüchig
zum anfassen und ich denke mir
ich saufe noch ab mit meinem
hundepaddeln zwischen all den
synchronschwimmern beiss
mich an einem rosa haken fest
ich spreche ihre sprache und
schlucke an der oberfläche worte
mit stäbchen von den lippen
gepflückt um am ende nur eine
visitenkarte mehr in meine

brusttasche zu stopfen da
kommt keine kugel durch wenn
ich alle gesammelt habe wirst
nur du übrig bleiben und ich
hefte sie zusammen zu einer
grossen rolle papier aus der
man ein flugzeug falten kann
oder zumindest einen frosch
der bis über den tisch springt
wenn das keinen kuss wert ist

lullaby

was soll die ganze fron
authentisch zu sein zieh
eine line sternenstaub und
klick dir einen klon raub
dir die kopie von meiner
dns und es ist schluss mit
dem stress wir leben im
überfluss schaff dir ein
kühlhaus voller identitäten
here we are now entertain
us wozu die egodiäten
wünsch dir was einen
brutkasten aus chrom ein
kondom mit reissverschluss
und eine lederjacke für jedes
chromosom ein anderer zu
sein ist kein luxus dein ich
zuckt nur im wechselstrom
das ist der big beat und nicht
schon das ende vom lied
kauf dir ein bett in einer
raumstation die androiden
sind ganz adrett das wird
schon drück dir ein beef
aus der tube hol dir ne
blutkonserve und sag zu
ihm was soll der ganze
metamief *to be or not to be*
wen interessiert das noch
befreit die menschheit
von dem joch wenn du
ein surfbrett hast zeig ich
dir das schwärzeste loch

eine grüne wiese mit schafen
drauf und ein bach in seinem
sanften lauf gänseblümchen wie
auf deinem bildschirmschoner
ein mädchen das sie pflückt
wie lang ist das her vergiss
was dich bedrückt ist nur
das glück simuliert dir ein
zurück fehlen nur noch im
grosshirn die harfen und du
wärst eingeschlafen

fernsehabend

wenn ich wieder einmal einschlafen
könnte ohne dass mir das rauschen
in den ohren dröhnte wer schenkt mir
eine mullbinde für die entsetzliche
stimme die man gewöhnlich die stille
heisst und die mir die augen aufreisst
während die chipstüte zwischen den
händen platzt und auf dem bildschirm
einer nach dem anderen als wärs ping
pong abkratzt immer besteht ein mass
doch jeglichem ist auch sein eigenes
beschieden solang er mir nicht die
träume verpatzt ich will meinen frieden
von mir aus auch in stereo brüllen wie
die affen im zoo und gaffen dich an
als lägst du zerstückelt neben deiner
fernbedienung auf der autobahn bis
die werbung den dreck wegwischt
und ein leben wie eine bestellnummer
verlischt während schon die nächste
glatze auf eine fremde frau eindrischt
wars auf der strasse wars im tv er
hatte eine schwere kindheit aber zur
besten sendezeit lasst uns über seine
probleme reden sollen die jungs in
orange nur anständig die bürgersteige
fegen ein boxer geht in die knie punch
doch die dame mit straps ahnt nichts
von dem nahen kollaps auf meiner
couch diesem ziehn im bauch wenn
die dritten zähne in einen apfel beissen
und die weissen hemden in der sonne
glänzen das brauch ich dieses bezahlbare

glück zum empfänger zurück aus dem
füllhorn der sendeanstalten dann kann
ich abschalten

neuer markt

was du willst ich besorgs dir
buddhabäuche aus afghanistan
ein goldnes kalb das die seuche
hat oder macht dich das an
tantrasex mit taliban vergiss
dein i-ging ich verkauf dir die
schläuche an denen kennedy
hing du stehst doch auf fun
ich weiss was er braucht der
weisse mann tu was für deine
libido erschiess im busch einen
indio menschenjagd ist angesagt
völlig abgefahren ihnen danach
die häute abzuziehen für den
rest gibt's benzin die wälder
müssen sowieso brennen
keine sorge alles ganz clean
artgerechte haltung wie bei
den legehennen humane
schlachtung kein schlechtes
gewissen damit sie dir nicht
davonrennen bekommen sie
genügend zu fressen lauter
leckerbissen heuschrecken
und fette zecken ich denke
global mach dir die erde
untertan trenn den abfall und
wette nur auf die schnellsten
pferde darwin ist für mich
die pure medizin du bist nur
so stark wie dein gewinn
ich will doch nur überleben
da bleibt keine zeit um nach

erleuchtung zu streben und
wenn sie den buddhas zum
preis des islam die köpfe
abschlagen verkauf ich dir
ihr lächeln als scherben und
wenn sie in den slums wie
die tiere sterben leg ich dir
eine niere auf den tisch ich
habe einen hang zum kitsch
ich geb keinen kredit am
besten du zahlst bar für den
russen in aspik viel glück und
guten appetit

V. Tortuga so far

tortuga so far

I
little cayman

ein leguan schleift seinen
schwanz über die sandpiste
kriecht unter den rotgelben
feuerwehrtruck knabbert die
palmen auf der telefonkarte
am boden an und schleppt
sich an den käsescheibletten
vorbei zur gepäckwaage auf
der er seine dunkelgrüne
haut mit sonne auflädt bis
die maschine landet die
grashalme mit ihren hüften
kreisen und ein pilot in
kurzen hosen sich durch
seine blonden locken fährt
aus der flugzeugschnauze
einen gitarrenkoffer zieht
und seine passagiere zählt
während der einzige polizist
der insel seine runden dreht
am dieselkraftwerk mit seinem
gebügelten taschentuch wie
immer um diese zeit die
motorhaube seines wagens
poliert und kurz die sirenen
aufheulen lässt wenn die
propeller sich in den himmel
schrauben die messer beim
mittagessen durch das fleisch
der melonen gleiten und die

hummerscheren mit silbernen
zangen aufgebrochen werden
die taucher den moränen in
die augen schauen und das
meer sich auf seiner türkisen
pfanne die in salz getränkten
schnorchler brät die rochen
sich an die bäuche schmeicheln
doch wenn sie an der luft sind
den touristen in die brillen
spucken damit sie klar sehen
wie der leguan der zwischen
den reifen den kleinen gekos
seinen traum erzählt eine
wolke zu sein

II
cayman-brac

er schiebt seine mütze hoch
damit man die narben auf
seiner stirn sieht *ich habe*
fünf hurricans überlebt
zwei auf see die schiffe
neben uns gingen unter
wie das blei beim fischen
er schüttete den rest seines
rums ins wasser die eiswüfel
klirrten auf den wellen *nicht*
dass du mich falsch verstehst
ich liebe das meer wenn es
mich in ruhe lässt wo siehst
du sonst so einen mond er
fing ihn mit seiner mütze ein
und sterne als wären sie
auf die haut eines mädchens
gepudert die kellnerin brachte
ihm ein neues glas *du weisst*
wo beim lachen schloss er
die augen *gestern waren*
hier siebzehn haie kommen
mit der flut wenn sie die
essensreste rauskippen
dort er zeigte ins dunkel
und vergoss dabei die hälfte
seines drinks auf den boden
so werd ich nie besoffen siehst
du die flossen manche sind so
gross wie du da machst du
dir in die hosen er nahm noch
einen schluck und wankte die
treppen zur toilette hoch die

fiebrige box der jukebox
versprach für die münzen
des polizisten *redemption*
während die zierfische im
aquarium ihre farben gegen
die nacht eintauschten und
ein betrunkenes mädchen
an der bar im black jack
die letzten dollars ihres
stapels verspielte *get up*
und ebenfalls über die treppe
verschwand *stand up* die
platte sprang *stand up*
for your rights die haie
tauchten unter den mond
und zerschnitten ihm mit
ihren flossenspitzen das
gesicht der seemann kam
zurück *gestern rief mich*
ein südafrikaner an wollte
seine kohle auf meinem
konto parken aber ich
will nicht nur mit einem
auge schlafen er schaute
nach den haien *keine sorge*
sie kommen wieder

III
grand cayman

die insel eine schwimmende
mailbox wolkenkratzer nicht
grösser als eine briefmarke
die flut ein immerwährender
cash-flow spült firmensitze
durch schmale schlitze die
sich dahinter im dunkeln wie
rettungsboote aufblasen an
der goldküste legt das kapital
an und das schwarzgeld
versandet am strand wo das
meer alle spuren verwischt
den rückenabdruck und die
fetzen verbrannter haut des
kubaners der schon wieder
festgeschnallt im flugzeug
sitzt annahme verweigert
zurück zum absender hier
geht die post ab nur die
schwulen kreuzfahrer
können nirgends landen
schliesslich ist das im
gesetz so verankert wer
nicht in den hafen der ehe
einläuft muss draussen
bleiben und kann ja in
internationalen gewässern
baden gehen so ist das
amen alles hat seine
ordnung die steel-drums
vom band jubilieren *ave*
maria und der rastaman
am keyboard haucht in

zimmerlautstärke *no*
woman no cry bis die
polizisten um mitternacht
die drinks in plastikbecher
schütten und die party
auflösen die märkte
beruhigen sich nur nicht
die ex-cheerleaderinnen
die denken dass sie hoch
im kurs stehen wenn sie
auf die tische springen und
tanzend singen *it's raining*
men bis der nächste kubaner
in seinem sprühflugzeug vom
himmel fällt

IV
the elmore leonard florida recount

eine meerjungfrau hinter
glas isst vier meter unter
der quellenoberfläche
cheesecake über ihren
erstarrten lachmuskeln
der schatten eines alligators
sein weisser bauch weich
wie die unterseite eines
schmeichelrochens auf cnn
schwangere stimmzettel
stechende argumente
unterwassergeburten im
offenen kanal ein mann
mit einer beretta die
mündung dreissig cm
entfernt nur ein schuss
direkt hinter den schädel
durchtrennt das rückgrat
des tieres *oder du triffst*
mitten ins auge aber das
kleine hirn ist schwer
zu treffen auf einer bahre
rollt ein frauenarzt aus
seiner klinik und die
werbung mahnt *enjoy*
life nur die maschinen
trauern und fallen ins
loch hände voller geld
am bankautomaten
reptilaugen aus dem
sumpf auftauchend die
meerjungfrau von

einem mann wiederbelebt
ein schatten unbefleckt
bis auf das bisschen
cheesecake die pumpenden
fäuste auf ihrem weissen
bauch einen feuchten kuss
das ende bleibt dieses mal
too close to call doch die
stechuhr läuft weiter und
zählt

V
mudslide

eine bar im hafen *deep shit*
kokosschlamm rum punch
rochenbier flaschenhälse
wie stacheln in einem meer
aus scherben *we mudslide*
down the surface of things
reste von schildkrötensteaks
zwischen den zähnen eine
schwarze polizistin drinks in
plastikbecher schüttend kurz
vor mitternacht dem dj ist
zum heulen zumute er jagt
seine sirenen durch die
boxen scheucht die mücken
vom plattenteller und springt
wie angestochen hinter seiner
cd-burg schüttelt den sand
aus den ohren legt seine
bässe unter das rauschen
der wellen und wünscht
sich eine welt in stereo die
zukunft als remix *sample*
salvation mister während
die scheinwerfer in die nacht
ausglühen die monokulturen
hinter den augen weiter ihren
schimmel ansetzen und ein
häufchen gestrandeter noch
immer auf die nächste runde
wartet das schiff das nicht
kommen wird die ladung
träume zu löschen den mund
hinter deinem ohr *music*

sounds better with you
moskitomädchen fliegen
von knie zu knie eine frau
ohne haare taucht hinter
den betrunkenen auf fischt
scherbensplitter aus einem
fremden lippenpaar und
zieht dem einsamen piloten
am rand mit zwei fingern
die mundwinkel lächelnd
nach oben *you've got such*
a semi-smile baby i think
you need loving er wischt
sich das konfetti vom anzug
doch ehe er antworten kann
hebt sie ihren arm und dreht
sie sich aus seinem blick nur
das ägyptische augentattoo
zwischen ihren schulterblättern
zwinkert ihm noch zu als sie
zu tanzen beginnt und der dj
der polizistin bevor sie den
strom abstellt sein credo in
den rücken dröhnt *love isn't*
true die sirene um seinen hals
fängt schon wieder zu heulen an
is just something that we do
stille die letzte flasche fällt zu
boden zeit zu gehen

VI
sharks

für georg

die küstenstrasse zur hälfte
im schatten des felsens offenes
verdeck der fahrtwind bläst
aus vollen lungen gegen die
stirn und spuckt fliegen gegen
die scheibe *i shot the sheriff*
but i didn't ein kind rollt mit
seinem dreirad aus einem
gebüsch ein lkw ächzt unter
dem bauschrott auf seinem
geschundenen rücken und
taucht im seitenspiegel ins
meer die sonne macht sich
flach bis sie zwischen ein
zugekniffenes auge passt
ein hund humpelt auf drei
beinen über eine vor tagen
plattgewälzte katze ein altes
bett blockiert die gegenspur
but i didn't but i didn't shoot
das tonband quillt aus der
cassette wie rastalocken der
deputy lebt weiter und die
schlaglöcher kauen in aller
ruhe reifengummi immer nur
geradeaus plötzlich rechts
ein haus wie das aufgerissene
maul eines kugelfischs *stop*
halte an was ist das bremsen
rückwärtsgang der nächste
lkw um ein haar die einfahrt
gestrüpp zerschlagene fliesen

sieht aus wie ein aufgepumpter
bubble-gum als hätte der
boden fieberblasen und das
meer kühlte ihm die haut innen
nur wurmstichige holzlatten
räume auf zahnstochern ein
traum geplatzt ein grundriss
wie auf eine serviette gehaucht
mit der man sich rotwein von
den lippen wischt im ersten
stockwerk leinwandgrosse
fensteröffnungen *gatsby was*
here in den aufgeschnittenen
wänden orangene eingeweide
riecht nach gift immerzu
schlagen die wellen gegen die
augen im rücken der felsen
die schatten werden länger
und die nacht nimmt sie bei
der hand *in so einem haus*
verführt man engel die haie
nähern sich dem strand alles
wird still bis auf das rauschen
der wind bläst
das feuerzeug aus auf dem
rückweg ein licht in der ferne
zwei bullige scheinwerfer uns
entgegenkommend

Inhalt

I. Synchron

II. Spur

III. Rollen

IV. Stand

V. Tortuga so far